KB110399

마음의 풍경 소리

마음의 풍경 소리

김동자 시·그림

북랜드

내 인생은 거친 비바람 앞에 흔들리는
벼랑에 선 한 그루 나무 같았다.
참으로 곡절과 아픔도 많았다.
그런 삶의 여정이 시를 쓰게 했는지도 모른다.
그것은 내 영혼과 글로 나누는 대화였다.
그렇게라도 하지 않으면
가슴속에 수미산만큼 깊고 깊은 한을 풀어낼 수 없었다.
문득문득 머릿속을 스치거나 가슴에 떠오르는 시 구절을
오랫동안 모아두었는데
정리해야 할 때가 되었다는 생각이 들었다.
그러다 내친김에 '시집'까지 내는 용기를 내었다.
내 삶을 오래 지켜봐 온 주변 사람들의 권유가
내 마음을 움직였다.
70편에 이르는 시를 계절별로 나누고
직접 그린 그림도 곁들였다.
몇 년 전부터 취미 삼아 배우기 시작한 그림이다.

시와 그림 속에 담은 것은 평범한 일상과 자연만은 아니었으며
구불구불한 오르막길과 내리막길을 모진 비바람을 맞으며
수도 없이 오르내렸던 내 삶의 자취에서 저절로 배어난 흔적이다.
나는 문학이 무엇인지 그림이 무엇인지 잘 알지 못한다.
내 시와 그림에서 어떤 작품으로서의 가치를 발견한다는 것은
애초에 무리일지도 모른다.
다만 어설픈 글과 서투른 붓질에 스며있는 내 마음의 자리를
조금이라도 살펴준다면 더 이상 바랄 게 없다.
팔공산은 영남지역의 명산으로 대구 경북사람들이
예로부터 논밭을 일구며 기대어 살던
커다란 언덕이자 피와 땀이 어린 생생한 삶의 터전이었다.
내가 17년이 넘도록 팔공산에 의지하고 살아온 것 또한
산의 맑은 정기와 부처님의 가피 덕분일 것이다.
팔공산을 스치는 바람 소리야말로
내게는 가장 큰 마음의 풍경 소리나 다름없다.

| 차례 |

시집을 내며 4

| 봄 |

| 여름 |

| 가을 |

봄

Spring

봄비

늦은 봄날
밤새 고운 비가
내리고 있다
새벽잠을 설치고
창밖을 내다보니
살가운 빗줄기에
대지는 촉촉하게 젖었고
물안개가 몽실몽실
뜰 앞까지 스며들고 있다
기다리던 봄비에
텃밭의 푸성귀도 정원의 나무들도
한결 싱그러운 젊음을 피워올린다
이름 모를 산새 소리마저
해맑은 아침
늦은 봄내음이
향기롭다

복수초

차디찬 시간을 벗어나려고
겨우내 발버둥을 쳤다
따뜻한 보금자리는
먼 산 너머에나 있을까 싶었다
어쩔 수 없는 현실 앞에
소리 없는 통곡으로
밤을 지새웠다.
되돌아가기에도
밤이 깊었다
칼바람이 산과 들을 스치는 계절
지난 기억들이
꿈결처럼 아련하다
그래도 차마 봄을
지워버릴 수는 없었다
엄동설한에도

그리움 안고 애태우던
한적한 모퉁이길
이름 모를 꽃이어도 좋다
반겨주는 사람 없어
외롭게 피어나도 괜찮다
모진 눈보라 이겨내고
한 떨기 훈풍에
언 땅을 떨치고 나와
노란 꽃잎 드러내는
복수초
아픈 사연 가슴에 묻고
잔설 위로
해맑은 얼굴을 내미는
찬란한 눈물꽃
복수초

산새 울음

이른 봄날
혼자 걷는 산길
지난겨울 바람에도
미처 떨구지 못한
낙엽을 보듬고 선
나뭇가지들
그 위에
산새 한 마리
홀로 앉아
슬피 운다
지난 가을의 여운이 남은
산길을 걸으며
나도 따라 운다.
산새 울음소리에
나도 울고 또 운다

봄소식

먼 산봉우리에는
아직도
흰 눈이 하얗게 쌓여있다
아직은
겨울이 묻어있는 꽃샘
바람 찬 눈 속에서
노란 복수초 홀로 피어나고
내 마음에도 춘란 한 송이
봄내음에
설렌다

봄날

먼 산에 아지랑이
피어오르고
들녘에 싱그러운 새싹이
돋아나더니
사월의 산들바람
꽃잎 흔들며
새하얀 벚꽃
꽃비 되어 내린다
연분홍 치마가 바람결에
출렁일 때도 그랬다
노을빛 고운
산기슭에 서서
가는 봄을 말없이
바라본다

벚꽃

오는 봄 가는 봄 (1)

성큼 다가선
계절의 여왕
봄이
정말 온 것일까
며칠 전 꽃샘추위에
난로 곁을 머뭇거렸는데
호숫가 도로 위에
하얀 벚꽃이
흩날리는가 싶더니
어느새 초여름
무더위 타령이다
따사로운 햇살 아래
기다리던 봄은
언제 왔다가
아무도 모르게
가버렸나

아침

보이지 않는
먼 곳에서
언제나 미소 짓는
당신이 있기에
나는
늘
화사한
아침을
맞이합니다

4월

먼 산 아지랑이
아련하더니
골목길 산들바람
고운 꽃잎가지 흔든다
하얀 벚꽃 꽃비 되어 내리고
꽃잎 떨어진 자리에
싱그러운 새싹이 손짓을 한다
산과 들에 어우러진
온갖 꽃들이
저녁노을보다 더 곱다
너무도 화려하다
너무도 왕성하다
그래서 너무 빨리 가버릴까
걱정스럽다
이렇게 활짝 피어난 4월
한 박자라도 쉬어 갔으면 좋겠다.

오솔길

소녀 시절

당신을 생각하면
언제나
꿈 많은 소녀 시절로
돌아갑니다
당신을 떠올리면
어느새
행복한 소녀 시절로
돌아갑니다
봄날
하늘가에는
꽃비가 내렸고
호숫가에도
산새 소리
고왔습니다
바람이 불고

비가 내려도

하루하루

행복한

날이었습니다

목련꽃

잎이 피기도 전에
꽃을 먼저 피워야 했다
사랑을 받기도 전에
아픔을 먼저 삭여야 했다
봄내음 스며드는 아침의 향기도
봄바람 무르익은 오후의 풍경도
고운 살결에 멍드는 가슴을
헤아리지 못했다
회한으로 멍울진 하얀 얼굴
겹겹이 감싸고
툭~툭~
떨어지는 꽃봉오리
바람도 잠시 숨을 멈추고
달빛도 차마 눈을 감는다
아픈 순정을 머금고

함박눈처럼 내려앉는

꽃덩어리

아름다워서

더 슬픈

목련꽃

눈물처럼 통째로

떨어지는

목련꽃

목련꽃이 질 때면

내 아픔은 피어난다

묵묵히

목련꽃 지는 봄날

해마다 지나치지 못하고

또 계절병을 앓는다

오는 봄 가는 봄 (2)

봄이 온 것인가

남쪽에서는 꽃소식이 들려오는데

아직은 집 안에 장작난로를 피우고 있다

봄이 와도 봄 같지 않다

봄은 늘 그렇다

오지 않은 듯 성큼 다가왔다가

소리 없이 가버린다

하얀 꽃잎이 비처럼 떨어지더니

벌써 봄날은 갔다고 푸념이다

겨우내 기다렸던 따사로운 햇살과

싱그러운 꽃향기는

너무 더디게 왔다가

너무 빨리 가버린다

우리 인생도

봄을 닮았다

노을이 고운 오후

봄과 이별하며

혼자 서럽다

해바라기

홀로 핀 꽃

한데 어우러져 피어 있는 것보다
홀로 핀 꽃이 외로워 보인다
깊은 산속에 혼자 피어서
아무도 눈길 주는 사람이 없어서
더 고독해 보인다
홀로 핀 꽃은 그러나
혼자여서 당당하다
비바람에도 꺾이지 않고
꿋꿋하게 피어있다
혼자 있어도
쓸쓸하지 않은 것은
누구에게 보여주려고
피운 꽃이 아니기 때문이다
황혼이 내리고
계절이 바뀌어서
꽃잎을 떨구는 것은
어떤 꽃이든
결국 혼자서
감당해야 할 일이다

은하수

4월 밤하늘에 빛나는
은하수는
슬퍼서 빛나는 것일까
기뻐서 빛나는 것일까
오랜 세월 갈고 닦아
보석처럼 빛나는
내 마음의 별은
아무래도
눈물의 결정일 것이다
눈물 어린 별이든
미소 띤 별이든
봄날 벚꽃 지듯이
새벽이면 은하수도 지는 것이다
벚꽃은 말한다
은하수는 말한다

슬픈 별이었든
기쁜 꽃이었든
누구나 한때는
청춘이었다고
꽃피는 시절이 있었다고
빛나는 시절이 있었다고

풍경 소리

봄날 아침
계곡물 흐르는 소리

여름 낮
산새 지저귀는 소리

가을 오후
억새풀 서걱대는 소리

겨울 밤
눈 내리는 소리

내 기도방 창문을 스치는
맑은 바람 소리

팔공산 자락에는
풍경 소리 아닌 것이 없다

내 가슴 처마 끝에도
풍경 하나 달았다

사랑의 꽃

못다 피운 봄 가슴에
연분홍빛 꽃을 피워보자
못다 채운 사랑의 마음에
사랑의 불을 피워보자
이름 모를 꽃이라도 좋다
봄날 빈 뜨락엔
태양보다 찬란한 게 꽃이다
가을날 저무는 들녘엔
불보다 뜨거운 게 사랑이다
향기 가득한 꽃이
아니라도 좋다
한껏 포장한 사랑이
아니라도 좋다
그냥 꽃이면 충분하다
그냥 사랑이면 충분하다

세상에 사랑의 꽃보다
더 큰 꽃은 없다
세상에 사랑의 꽃보다
더 아름다운 꽃은 없다

운명

슬프고 힘든 날들이
당신을 만나면서 시작되었습니다
그러나 무조건 당신을 사랑한
나의 어리석음 때문입니다
오늘의 슬픔이
내일의 슬픔으로 이어질지도 모릅니다
어리석고 또 어리석었던
내 탓입니다
가혹한 운명 앞에 서서
당신을 사랑한 내 죄를 돌이켜봅니다
삼월 하순인데도
차가운 눈이 내립니다
그래도 당신을 사랑하기 때문에
내 눈시울은 뜨겁습니다
이제 당신을 잊어야 하기 때문에
오늘도 슬픈 하루입니다

동행

지혜

목마른 사람이 우물 찾듯이
더위에 지친 사람이 그늘 살피듯이
곡절 많은 삶일수록
지혜가 필요하다
하지만
지혜는 저절로 생기지 않는다
우물을 찾고 그늘을 살피듯이
정진과 성찰로 지혜를 얻는다
찾을 때는 힘들지만
구하고 나면 행복하다
지혜는 언제나 삶을
봄날이게 한다

빈손

잠시 쉬어가는 나그네 길
봄 소풍 나왔다가
낙엽 밟으며 돌아가는 길
한바탕 봄꿈을 깨고 나니
회한이 앞선다
불꽃같은 사랑도
가혹한 운명도
되돌아보니 아련한데
두 눈을 적시는 눈물은
무엇인가
더 사랑하지 못하고
더 나누어주지 못한 게
후회로 남았을 따름이다
잠시 머물다 가는
나그네길
어차피 빈손인 것을….

여름

Summer

제비꽃

봄바람에 연둣빛으로 피어나던 꽃
소녀 시절 내 얼굴처럼 수줍던 모습
그리움이 깊어갈수록
붉은빛이 어리더니
설렘이 커질수록
푸른빛이 감돌더니
짓궂은 여름 빗줄기에
시들어간다
봄소식을 알리려고
애써 피워올린 꽃잎들이
이른 더위에 지쳐간다
제비가 돌아올 때 피었던 꽃이
제비가 돌아가기도 전에 지려 한다
넘을 수 없는 담장 밑에 피어서인지
여름이 한창인데
보랏빛 그리움을
지우려 한다

장맛비

동이 트는 새벽까지
비가 내리고
처마 끝에 낙숫물 소리
아침잠을 깨운다
먼 산 물안개가
그림처럼 피었고
뜰 안에 장미꽃 송이
빗물을 머금은 채
고개 숙였다
내 마음속에 내린 비는
무엇을 적시나
이리도 아련한 가슴을 보면
빛바랜 추억을 적셨나 보다
울타리에 잡초도
제철을 만났지만

빨갛게 익어가는 고추가
성숙한 계절을 드러낸다
텃밭을 가꾸는 내 손길이
더욱 분주하고
식탁에 오른 채소들이
한결 싱그럽다
구름 사이로 살며시 얼굴을 내미는
햇살이 더 반가운 것도
오랜 장맛비 덕분이다
오가는 빗줄기도
시절 인연인 것을
먼 산봉우리를 향해
두 손을 모아본다

통곡

어디서 왔다가
어디로 가느냐
구름으로 왔다가
바람으로 떠난
나의 소중한 인연
연초록빛 산과 들
여름이 한창인데
북망산 검은 계곡으로
절며절며 떠난 아이
너를 보내고 돌아온 그 날 밤
슬픔은 이슬 되어 내렸다
서러운 흔적 너머로
한잔 술을 따르고
소리 없는 통곡으로
향을 사르고

잘 가거라
잘 가거라
바람이 되고 구름이 되어
아픔이 없는 곳으로
부디부디 잘 가거라

행복 (1)

구름은 사랑을 안고
바람은 행복을 싣고
달려간다

여름날 석양이 물들어가는
아름다운 저 언덕 너머에

보름달이 떠오르는
황홀한 저 산봉우리 위에

사랑의 보금자리를 만들고
행복의 둥지를 틀고

한 폭의 수채화를 그린다

돌담길

구름

쪽빛 하늘에
뭉게구름이
지향 없이 흘러갑니다
내 마음도 구름처럼
바람에 실어
당신에게 보냅니다
내 마음도 차라리
바람에 실린
구름이면
좋겠습니다

여름 낙엽

여름 산책길
무성한 나뭇가지 사이로
산새의 울음마저 싱그럽다
사방이 한여름인데
좁은 산길에 나뒹구는
철 지난 낙엽
지난 가을에 떨어져
겨우내 눈보라에 해어지고
봄비에 다시 삭은 몸으로
무슨 미련이 남았길래
진자리를 떠나지 못하는가
머잖아
새로운 낙엽이 또 떨어지면
무슨 변명을 해야 할까
철지난 낙엽을 보며
떠나야 할 때 떠나지 못한
회한을 읽는다

보름달

찬바람이 불어
마음이 고단해도
누군가
기다리는 사람이 있다면
누군가
그리운 사람이 있다면
한여름밤
보름달을 품고 사는 것이다

크로아티아 I

여름 호수

싱그러운 풀잎들이 더위에 지친
한낮이 지나고
더위 먹은 산새의 몸짓도
오후의 바람결에 되살아나는
여름
못다 핀 연꽃 봉우리가
황혼의 물결에 설레는
오후
태양처럼 뜨거운 가슴으로
어느 때인가 이 길을 함께 걷던
그리운 사람의 그림자가
물결 속에 어른거린다

여름 호수는
풍성한 산을 안고 있으면서

작은 산새 소리에 일렁인다
싱싱한 억새풀의 노래에
흔들리는 물결은 내 그리움이다
구름도 달도 곱게 담은 수면은
잔잔한 내 가슴이다
한낮의 열기조차 범접하지 못할
호수 바닥은
시퍼런 내 가슴이다
펄펄 끓던 여름날
저물녘에 찾은 호수는
지금도 뜨거운 내 가슴이다
아직도 알 수 없는 내 마음이다

외갓집

진달래 먹고 물장구치며 놀던 시절
두메산골 작은 마을에 외갓집이 있었다
부모 사랑 많이 받지 못했다고
언제나 포근히 안아주시던 외할머니 외할아버지
사랑으로 지어주신 보리밥 감자 끼니도 꿀맛이었다
외할머니는 산에 가서 머루 따고 다래 따서 오시고
외할아버지는 냇가에 나가 물고기를 잡아 오셨다
마당에 멍석을 깔고 저녁을 먹다가
외할머니 무릎을 베고 밤하늘의 별을 세곤 했다
그럴 때마다 왠지 모르게 눈물이 났다
외갓집 마당에서 느티나무가 서있는 마을 입구까지는
맨발로 뛰어다녀도 될 만큼 포근한 내 놀이터였다
울타리 풀숲에서 만난 여치와 풍뎅이
개울가에서 마주친 개구리는 모두 내 친구였다
풀벌레 소리 가득한 여름밤

커다란 고목나무 뿌리에 달빛이 환하게 내려앉았다
무엇이 그리도 서러운지
하늘만큼 높은 느티나무 위에서는 부엉이가 슬피 울었다
부엉이가 애절하게 우는 밤이면
나도 마루 끝에 쪼그리고 앉아
같이 울었다

새벽

어둠에 휩싸인

나의 집은

청정도량과 수행처이다

기도방에 불이 켜지고

독경 소리가 은은하게 퍼진다

돌계단에 걸터앉아

맑은 하늘의 고운 별들을 세어본다

구름 사이 달빛도 사라져 가고

여명이 하얀 미소를 지으면

호숫가엔 물안개가

모락모락 피어 오른다

골목 어귀 나팔꽃이

이슬을 털면

지난밤의 그리움은

다시 새로운 기다림으로 되살아난다

나의 집은

그렇게

새벽을 연다

옹달샘

6월 하순 장맛비가
소리 없이 내리고
오늘도 하루가 저물어
어둠이 밀려온다
고즈넉한 산기슭
옹달샘에도
어김없이 밤이 찾아왔다.
옹달샘의 아침은 세상의 아침
옹달샘의 저녁은 세상의 저녁
작은 물고기에게
옹달샘은
세상의 전부이다.
옹달샘에서 삶이 있고
옹달샘에서 죽음이 있다
도시는 사람들의 옹달샘이다.

옹달샘에서
희로애락을
벗어나지 못한다

행복 (2)

내가 당신을 무작정 사랑할 때
아픔도 많았습니다
당신이 나를 사랑의 눈빛으로 바라볼 때
행복이란 단어를 떠올렸습니다

둥근 달처럼 완전한 사랑은 없다는 것을
나는 알고 있습니다
더러는 마음속의 이기심이 그늘이 되어
사랑도 달처럼 이지러진다는 것을 압니다

빛을 잃어가는 달은 슬픔입니다
금이 간 사랑처럼 아픔입니다
지옥이 될 수도 있고 연옥이 될 수도 있습니다
그러나 진실한 기다림은
다시 둥근달을 이루어낸다는 것도 알고 있습니다

오늘은 모처럼 단비가 옵니다

나팔꽃 한 송이 달처럼 환하게 피었습니다

새 한 마리 둥근 원을 그리며 날아갑니다

내 마음에도

둥근달이

뜨려나 봅니다

삶

사바세계의

삶은

외롭고 힘들다

아름다운 희망이기도 하다

삶은 고통이다

삶은 슬픔이다

삶은 행복이다

삶은 축복이다

나는 외로움이 밀려오면

마당으로 나가

태양에 반짝이는 나무들과 이야기를 나눈다

나는 그리움이 몰려오면

바람에 일렁이는 마음을 수채화로 그린다

그래도 채워지지 않는

가슴은

끝없이 묻는다

삶이 무엇이냐고

소나무

가을

Autumn

낙엽

산행 길은
사시사철 다르다.
봄의 싱그러움과 여름의 무성함도
어느덧 조락의 계절을 맞이한다.
이름 모를 수목들이 제각각의 표정을 지으며
저마다의 색깔로 손짓을 하던
산행길
화려하던 나뭇잎들
이제는 낙엽으로 떨어져
소슬바람에 흩날린다.
우리 인생도
낙엽과 다름없다는 생각에
가슴이 저려온다.

10월 어느 날

싱그러운 새싹의 계절이

엊그제 같은데

뜨거운 태양 아래

짙푸른 신록을 자랑하는가 싶더니

어느새 나뭇잎에 붉고 고운 빛이 돌고

바쁜 손길마저 한적해진다

골목길에 각양각색의 코스모스가

한들한들 춤을 추고

갈대의 하얀 웃음도

바람결에 흔들린다

산기슭마다 소슬바람이 불어오고

어느새 겨울을 재촉하는 찬 서리에

여린 몸이

움츠러든다

내 머리 위에도

흰 꽃이 자꾸만 늘어나고
가슴속 깊이
시린 바람이 불어온다
그렇게 또 한 해가 가고
나도 그만큼
늙어간다

사색

별빛

밤하늘 별빛이
소나기처럼 내리고
뒤뜰 풀벌레 소리
별빛처럼 찬란한 밤
가을바람이
어두운 들녘을
스치고 지나가면
내 빈 가슴에
외로운 영혼도
별빛이 된다

가을비

가을을 재촉하는 비가 내린다
한줄기 서늘한 기운이 하늘에서 내린다
오늘은 하얀 비 고운 비가 되어
나의 꽃과 나무에 마지막 생명수를 뿌린다
누군가 그리워지는 아침
말없는 눈길이 마을 어귀로 기우는 아침
앞마당 나뭇가지에
진주 같은 하얀 물방울이 맺혀 있고
뜰 안에 코스모스, 저마다의 색깔을 자랑한다
보랏빛 작은 들국화에 붙은 바늘꽃이
차가운 가을비로 와닿는 아침
또 하나의 계절이
소리 없이 내린다

가을밤

깊어가는 가을밤
휘영청 밝은 달빛 사이로
한 조각구름이 되어
미소 띤 당신을 찾아갑니다
깊어가는 가을밤
청정한 별들의 흐름 사이로
한 줄기 별똥별 되어
다정한 당신을 찾아 달려갑니다

들풀

어둠 속에 신음하며
온몸을 뒤척이다가
아침이슬을 머금고
잠시 눕는다
동이 트는 아침이면
희망을 품고
다시 일어선다
세찬 바람이 불면
또 누웠다가
햇살이 좋으면
다시 일어선다
산들바람에 몸을 흔들고
새들의 노래에 화답한다
들풀의 슬픈 노래
들풀의 힘찬 몸짓

나도 들풀처럼 누웠다가
들풀처럼 일어선다
바람이 나를 누르고
햇살이 나를 일으킨다
낙엽 지는 계절
가을바람에 부시럭거리는
마른 들풀의 흐느낌은
가을날의
내 간절한 기도이다

갈대

바람이 불고
갈대가 흔들린다
갈대가 몸을 흔드는 것은
부러지지 않기 위해서다
바람이 불고
갈대가 노래한다.
갈대가 목 놓아 소리 내는 것은
외로움을 이겨내기 위해서다
갈대는 안다
바람을 이길 수 없다는 것을
갈대는 안다
고독을 이길 수 없다는 것을
10월이 깊어가면
갈대는 더 흔들리고
갈대는 더 슬피 운다
저무는 계절을
어찌할 수 없기 때문이다

석양

고향의 달

산골이어서 달이 더 밝았다
고향이어서 달이 더 밝았다
어머니를 닮아서 달이 더 밝았다
가을 밤하늘에 높이 뜬 달
둥글었다
정다웠다
슬펐다
어머니를 닮아서 둥글었고
어머니를 닮아서 정다웠고
어머니를 닮아서 슬펐다
평생을 어두움에 갇혀
허리 한번 펴보지 못하고
저물어간 어머니
이제는 달빛이 되어
그때처럼 정겨운 눈길로

나를 내려다보시는 어머니

가을밤

고향 하늘에 뜬 달은

어머니의 모습이다

장미꽃

해 질 무렵 팔공산 자락
집으로 돌아가는 길
골목길에 핀 장미꽃
석양보다 붉은 장미꽃

가을에 피는 장미꽃은
왜 붉어서 서러운가
꽃잎에 가만히 입 맞추어 보면
가슴속에 숨어있던
상처가 붉게 물들며
눈시울로 뜨겁게 달아오른다

장미꽃은 왜 가시가 있어
아픔을 품고 있는가
장미꽃은 가시가 있어

소리 내어 울지도 못한다
붉은 멍울이 터져서
피눈물이 될까 두렵기 때문이다

가시에 찔리고 찔려도
신음 한번 크게 내어보지 못한
지난 발자취를
되돌아보니
가을 석양 길 장미꽃처럼
겹겹이 붉은 꽃잎을 머금고 있다

정물 I

그리움

별빛
서러운 밤
내 모습
아련하고
바람 소리
애틋한 밤
내 발자취
정처 없다
이따금씩 들려오는
나뭇잎 지는 소리
그리움만
차곡차곡
쌓인다

여로

인생은 짧은 여행입니다

종점이 가까워지는

여로에 서서

잠시 왔던 길을

되돌아봅니다

그리웠던 시절이었습니다

아쉬웠던 세월이었습니다

당신을 만나 설레었고

당신을 만나 행복했습니다

당신을 만나 적막했고

당신을 만나 아팠습니다

당신을 만나 힘이 되었고

당신을 만나 외로웠습니다

당신은 언제나 저만치 있었고

나는 언제나 그 자리를 맴돌았습니다

당신 앞에서
나는 언제나
가녀린
풀잎이었습니다

시간

연못가 풀잎이 봄꿈을 깨기도 전에
골목길 오동잎은 어느새 가을 소리인가
시간은 사람을 기다리지 않고
밤낮으로 흐르는데
사람은 세월을 아쉬워하며
하루하루 덧없이 보낸다
더러는 어두운 현실과 마주하고
더러는 서러운 운명 앞에 서있기도 하지만
오늘도 내일도 태양은 눈부시게 솟아오르고
뜰 안에 새소리 또한 어제처럼 아름답다
지나간 시간은 그렇게 부질없는데
오늘 이 시간은 한없이 소중하다

크로아티아 II

회한

무심히 들려오는
전화벨 소리 너머로
그리운 음성이 다가옵니다
그대의 목소리를 듣는 순간
내 가슴은 또 아려옵니다
어디서 밀려오는지
깊은 슬픔에 잠깁니다.
소중한 그대 마음 알지 못하고
맑은 그대 두 눈에
눈물 고이게 한
나의 지난날을 돌이켜 봅니다
씻지 못할 회한입니다

떠나는 날

언제일까
무거운 짐 내려놓고
떠나는 날
언제일까
봇짐 하나 없이
왔던 길을
빈손으로 되돌아가는 날
그날은 멀지 않으리라
아무것도 가지지 않아서
가장 많이 가지고 떠나는 날
그래서
가장 큰 자유를 누리는 날
꽃비 맞으며
먼 길 가는 날
술 한 잔에
노래 한자락이면
더 바랄 게 없다네

내 모습

웃는 모습
화난 모습
무표정한 모습
모두 다 내 모습입니다
철모르던 소녀 시절의 앳된 모습
세파에 시달린 중년의 고달픈 모습
풍상을 겪고 난 노년의 평온한 모습
모두가 다 내 모습입니다
나는 내 모습을 다 사랑합니다
그래도 내 안의 아름다운 모습을
버리지 않았기 때문입니다
때로는 일상의 둑에서 흔들리고
때로는 욕망의 늪에서 몸부림치기도 했지만
나는 아름다운 내 모습을
늘 꿈꿔왔습니다

성에 낀 창을 닦아내면 밝은 햇살이 비치듯이
잡념으로 흐려진 내 마음을 닦고 또 닦아내면
해맑은 참모습이 되살아날까.
머잖은 훗날 내 머리에 흰 눈이 더 짙게 내리고
이마엔 세월의 나이테가 더 깊게 새겨져도
늦가을 국화처럼
안으로 향기 품은
잔잔하게 미소 띤 얼굴로 남고 싶다

아침

길고 긴
고뇌의 밤이
숱하게 지났습니다
슬프고 가련한
눈물이
소리없이 내리던 날들이
수없이 흘러갔습니다
동이 트는
아침
이제 떠나려 합니다
미련 없이….

사랑

고해의 바다를
헤엄치며 살아온 삶
가슴에 사랑이 샘솟지 않았다면
하루하루의 일상이
무슨 의미가 있었을까
한 잎 낙엽으로 쓸쓸하게 떨어지며
영원의 길로 떠나는 날
사랑이 있었든 없었든
사랑이 착각이었다고 해도
고통의 쇠사슬이었다고 해도
사랑 때문에
후회는 없다

그림자

그리운 바람결에
텅 빈 하늘이
소리 없이 흔들리는 밤

환한 달빛이
이슬처럼 떨어지는 밤

얽히고설킨 인연의 무게가
바위처럼 내려앉는 밤

얼룩진 삶의 번뇌가
낙엽처럼 흩어지는 밤

달빛 아래 길게 늘어선
내 그림자에게 묻는다

어디서 왔다가
어디로 가느냐고….

물안개

명당

집을 짓기 위해
사람들은
명당 터를 찾아다닌다
사계절을 마다하지 않고
동서남북을 헤매 다닌다
명당 터에 집을 지었다 해도
사람이 명품이 아니면
무슨 소용인가
명당에 명가를 짓고 살아도
불의와 탐욕에 눈이 멀어 있으면
감옥보다 나을 게 없다
소박한 곳에 초가를 짓고 살아도
진실과 선행을 베풀고 산다면
그곳이 명당이요 명가인 것이다
매일 아침 금강경 독송으로

아침을 열고
하루하루 감사한 마음으로
부처님을 만나고
부처님 정법을 실천할 수 있는
그곳이 최고의 명당이다

겨울

Winter

겨울나무

[나무야 나무야 겨울 나무야
눈 쌓인 응달에 외로이 서서
아무도 찾지 않는 추운 겨울을
바람 따라 휘파람만 불고 있느냐]

어린 시절 멋모르고 부르던 노래
겨울나무가
이제야 가슴에 와닿는다
나이 칠십 되도록 그저 바라만 보던
겨울나무가
이제는 내 모습이 되었다
나도 그렇게
외진 곳에 홀로 서서
바람 따라
휘파람을 불고 있다

독경

한밤중을 지나
기도의 시간입니다.
창밖을 내다보니
겨울 달빛이
시리도록 아름다운 밤입니다.
팔공산 끝자락
외로운 한옥에 몸을 담고
금강경 독송하는
이 순간,
나는 참 행복합니다.
겨울 찬바람이
처마 끝을 두드리고 지나가도
어둠을 일깨우는
풍경 소리
내 마음속에
여명이 밝아옵니다.

저녁노을

노을이 잦아드는 고요한 연못길
칼바람 옷깃을 여미는 단산지 산책길
앙상한 나뭇가지로 섰습니다
저물어가는 12월
온몸으로 붙잡고 선
붉은 저녁노을
그리운 마음 바람에 실어
당신께 보냅니다

이별의 시간

찬바람이 매서운

겨울날

만남보다 더 빨리 다가선

이별을

준비합니다

가끔은 행복했던 순간들

만남이 축복만은 아니었습니다

슬픔과 고통만도 아니었습니다

되돌아보면

다정했던 시간들

회한의 시간들

겨울 해 질 무렵은

이별의 시간입니다

스페인

떠나보내기

산기슭마다 봄꽃이
활짝 피어나던
어느 봄날
당신을 만났습니다
당신 허락도 없이
당신에게 내 마음
다 빼앗겨 버렸습니다
이제
세찬 바람이 불어오는
겨울나무의 끝자락에 서서
당신을 보내려 합니다
당신 허락도 없이
차마 잊을 수 없는 당신을 뒤로하고
나는 겨울바람이 되어 떠나려 합니다

별

깨질 듯이 투명한
겨울 밤하늘
나는 먼 하늘에
외롭게 빛나는
별이 되고 싶다
홀로 떴다가
홀로 지는
외로운 별이
되고 싶다

착각

깊어가는 겨울밤
하늘의 달빛이
거울처럼 아름답습니다
그 달빛 사이로
한 조각 구름 되어
미소 짓는 당신을 봅니다
이 또한
나만의 착각이었습니다

늦가을 내린 눈

겨울새

서러운 시간들이
차곡차곡 쌓였다
뒤덮인 흰 눈에
천지가 적막하다
벌거벗은 산등성이는
하늘과 맞닿아
저만치 아득하다
회한의 눈물을
소리 없이 묻고
이제 떠나야 한다
슬픈 길 위의 시간들도
맑은 이슬로 떨어지는
동이 트는 아침
해맑은 풍경 소리에
하늘길이 열리고

겨울새 한 마리
여린 깃털에 흔적만 남기고
어디론가 또 날아간다

고드름

영하의 날씨
혹한의 팔공산 자락
처마 끝에 고드름이 주렁주렁 매달렸다
속절없이 뚝뚝 떨어지던 낙숫물이
날카로운 창끝이 되어 줄지어 섰다
전쟁터에 나선 날랜 병사들 같다
고드름은 때리면 부서진다
때리는 사람의 손도 상한다
고드름은 감싸면 녹는다
한껏 성을 낸 것 같지만
꼬마의 고사리손에만 잡혀도
맥 못 쓰고 녹아내린다
삐쭉하게 모가 난 고드름도
온기 안에는 힘을 못 쓴다
사랑 앞에는 맥을 못 춘다

그래봤자 물이라는 것을
어린아이들도 안다
우리도 모두
고드름이다
사랑을 주면 녹는다

노랑새

매일매일 새벽 공부로
금강경을 독송한다
7독이 끝나고 먼동이 트면
노란색의 작은 새 한 마리
기도방 앞 난간에 날아와 앉는다
경을 따라 읽는 새소리가 너무 아름다워
매일 아침 독송을 쉴 수가 없었다
노랑새가 실망할까 봐
노랑새가 슬퍼할까 봐
하루도 쉬지 않고 함께 경을 읽었다
어느 날 노랑새가 보이지 않아
집 주변을 돌아보니
새는 마루 끝에서 적멸에 들었다
두 손 모아 합장하고
노랑새의 극락왕생을 빌었다

나도 그렇게

금강경을 독송하며

지친 육신을 벗어날 것이다

저승길

여보게 저승 갈 때
무엇을 가지고 가려나
나는 큰 길 나설 때
님의 사랑 듬뿍 안고
가려 하네
나는 먼 길 떠날 때
님 그리며 가려 하네
님의 마음
다 알지 못해도
나는 님 그리며 가려 하네
구차한 욕망에 빗장을 걸고
아득한 가슴에 창문을 열고
그리운 님만 바라보며
떠나려 하네
무엇이 행복이고

무엇이 고통이었는지
무엇이 기쁨이고
무엇이 아픔이었는지
되돌아보니
뜬구름일세
정다운 미련도
살뜰한 추억도
하룻밤 꿈이었다네
오로지
부처님 사랑 그리며
빈손으로 왔다가
빈손으로 돌아가는 것이라네

황혼의 길목

하루해가 길지만
한 달은 짧다
일 년은 더 짧게 지나간다
어느덧 생의 시계는 황혼을 가리키고
석양길 나그네
지나온 길 되돌아본다
더 아프지 않고
더 슬프지 않게
살아갈 날들이
얼마나 남아 있을까
아쉬움 없이 좀 더 사랑하며
살아갈 날들이
정말
얼마나 남아 있을까

정물 Ⅱ

새해 아침

다사다난했던 한 해를 뒤로하고

붉게 떠오르는 새해를 바라본다

사람들도 저마다 소원을 비느라 분주하다

인생에서 가장 행복한 날이

바로 오늘이 아닐까

인생에서 가장 소중한 날이

바로 오늘이 아닐까

희망을 품는 것은

행복한 일이기 때문이다

소원을 비는 것은

희망을 품는 일이기 때문이다

어제는 지나간 오늘이요

내일은 다가오는 오늘이다

황혼의 시계가

멀지 않은 종점을 가리킬 때

새해의 태양은 갈수록 붉다
다시 한 해를 시작하는
신축년
1월 1일
아침
태양
어제 떠올랐던 그 태양이지만
오늘의 태양은
어제의 태양이 아니다

황혼

채워야 할 시간만큼 꿈도 많았고
지워야 할 자국처럼 한도 많았다

바라보며 살려던 꽃길
마주하고 살아온 진흙길
나 혼자 그리워하고
나 혼자 외로웠다

인생은 뜬구름
스치는 바람

저물녘 바람결에
황혼이 물들어간다

어차피 머물 수 없는 자리인가

아직도 열정이 남은 가슴인데
황혼의 품안에 안기라 한다

어차피 머물 수 없는 순간인가
아직도 식지 않은 입술인데
황혼이 입 맞추라 한다

참 나를 찾아서

지난 삶은 그저 부질없는 것인가
남은 생의 의미는 어디서 찾을까
지나온 세월의 계단에는
빛바랜 이끼만 그득한데
남은 시간의 사다리엔
무슨 허물이 쌓여갈까
모든 존재는
끝없이 일어났다 사라지는데
그 속에 티끌 같은
내 삶의 흔적은
어떤 색깔로 흩어져갈까
세월의 계단을 다 밟고
내 시간의 종착역에 이르면
그대 해맑은 미소
만날 수 있을까

흔들리지 않는
내 영혼의 동반자를
만날 수 있을까
그리하여
언제나 찾아 헤매던
'참나'를
발견할 수 있을까

허수아비

정류장

인생길
나그네 길
짧다면 짧고 길다면 긴
여행길
분주히 왔던 길 되돌아보니
부끄러움이 앞선다
나름대로는 열심히 살아온
지난 여정
가만히 돌이켜 보니
어리석었다는 생각이 든다
무엇을 더 원하는가
무엇을 가져갈 수 있단 말인가
이승과 저승의
정류장에서
내가 기다리는 버스는 무엇인가

산행

오늘도
나는
호젓한 산길을 걸으며
당신을 생각합니다
돌아오는 길에도
당신 생각을 했습니다
오늘 하루해는
당신 때문에 떴다가
당신 때문에 집니다
그렇게
하루가
또 저물어갑니다
내 산행길은
늘
당신에게로 이어집니다

팔공산 사계

팔공산 자락의
봄 아지랑이는
내 소녀 시절의 꿈이다

팔공산 계곡의
여름 소낙비는
내 젊은 날의 시련이다

팔공산 기슭의
가을 단풍은
지난 삶을 되돌아보는
거울 속의 내 얼굴이다

팔공산 등성이의
겨울 함박눈은
이제는 비우고 훌훌 떠나야 할
머잖은 앞날의 내 모습이다

여정

떠나야 할 사람을
보내지 못하고
망설이는 것은
슬픈 일이다
잠시 머물다 가는
인생길
나그네 길
무슨 미련이 남아 있어
떨치지 못하고
보내지 못하고
끝없이 아파해야 하는가.
고해의 바다에서 헤매 도는
슬픈 여정
오늘도 벗어나보려고
몸부림을 쳐본다

크로아티아 Ⅲ

자격

산다는 것은
하루하루 죽음의 문턱으로
다가서는 것이다
젊었다는 것은
죽음의 문턱이 아직은 멀다는 것이고
늙었다는 것은
죽음의 문턱이 가까워졌다는 뜻이다

한창 나이에도 가끔씩은
죽음을 생각할 때가 있다
믿었던 사람에게 가혹한 배신을 당했을 때
하는 일이 감당할 수 없는 어려움에 처했을 때
고통스런 삶으로부터 도망가고 싶은 것이다

그럴 때는 스스로에게 물어보라
죽을 자격이나 있냐고

제대로 피워보지도 못한 불을
끌 자격이나 있냐고

죽음은 온몸으로 피워 올린 불꽃이
제 몫을 다하고 시들어가는
마지막 축복이다
때로는 가혹한 번뇌가 나를 흔들지만
마음속 뜨거운 불성을 일깨워
법의 횃불을 높이 들고
부처님 법을 향해
앞으로 앞으로 정진할 뿐이다
죽음은 못다 핀 불꽃을
지워버리는 허무가 아니라
최선을 다해 피워올린 불꽃이
순리대로 꺼져가는
마지막 축복이다

산문

Prose

나의 일, 나의 인생

나를 처음 보는 사람들은 내가 무슨 대단한 사업가 집안의 후계자이거나, 든든한 남편의 후광으로 승승장구 성공한 여류 사업가인 줄 안다. 나는 끼니를 걱정하던 가난한 시골 소녀였다. 가족을 돌보지 않던 아버지를 대신해 어머니가 시장에서 음식 장사를 하며 어려운 살림을 꾸려갔지만, 어린 시절은 늘 배고픔이 가시질 않던 나날이었다.

어머니는 가난한 살림에 한 입이라도 줄일 요량으로 나를 일찍 출가시켜버렸다. 당연히 학교 공부는 제대로 마칠 수 없었다. 검은 상의에 하얀 칼라의 교복을 입은 친구들이 그렇게 부러울 수가 없었다. 그토록 하고 싶은 공부를 뒤로하고 대신 치열한 생활전선에 남보다 빨리 뛰어들 수밖에 없었다. 사업을 해보고 싶어서 한 게 아니라 그렇게 해야만 먹고살 수 있어서 시작한 일이었다. 그래야만 그 어려운 시절을 건너갈 수 있었다.

첫 사업으로 대구 시내에 경양식 레스토랑을 열었다. 당시로는 전망이 대단히 밝은 사업이라 금방 자리를 잡을 수 있었다. 동일 업종으로 시내 중심가에 두 군데 더 확장 운영하면서 사업은 곧 성공궤도에 올랐다. 제법 단단히 자리를 잡아갈 무렵 관광호텔 리조트 건축 사업으로도 관심을 돌려보았다. 건설 일이 의외로 흥미로웠다. 먼저 아파트 건설 사업을 본격적으로 해보기로 했다. 그러나 주택사업은 결코 녹록지만은 않았다.

그때 내가 마주한 것은 "강한 자만이 살아남는다."는 비정한 생존의 현장이었다. 나름대로 사업성을 설명하고 방안을 제시했지만 탄탄한 시공회사를 찾기는 결코 쉬운 일이 아니었다.

실의에 빠져 좌절하고 있다가 부인사에 계신 나의 은사스님을 찾아갔다. 스님께서는 나의 어려움을 미리 짐작하시고 청도 운문사 사리암에 가서 3박 4일 동안 나반존자님께 지극한 마음으로 기도 드리고 오라고 하셨다.

7월 한더위에 땀에 흠뻑 젖은 법복을 땀을 짜서 입어가며 3박 4일 동안 만 배의 절을 하고 나반존자님께 공양을 올렸다.

잠시 휴식을 취하는 찰나에 나반존자님이 단상에서 내려오셨다. 부처님을 친견하는 찰나의 순간이지만 또한 긴 시간이었다. 불가사의한 체험을 하고 나니 사람들은 나를 보고 이전에 보지 못한 얼굴에 광채가 난다고 했다.

모두가 안 된다고 고개를 돌리던 그 자리에 대규모 아파트를 건립하기로 했다. 사업을 위탁할 신탁회사에 길이 열렸고 자금걱정 또한 하지 않아도 되었다. 아파트 사업이란 지자체 여러 부서를 거쳐 협조를 해 주어야만 할 수 있다. 어찌 된 일인지 각 부서마다 협조를 잘해주어 내 사업을 도와줄 실무자들이 마치 불보살님이 앉아 있는 것 같았다.

이때의 나를 돌이켜보면 어디서 그런 도전의지와 추진력이 나왔는지 내 자신이 자랑스럽기도 했다. 내가 사업에 성공할 수 있었던 것은 신의를 중히 여기고 정도를 걸어왔으며 무엇이든 정면 돌파로 승부를 걸어왔기 때문이다.

아파트 착공 후 곧바로 외환위기가 닥쳐왔다. 엄청난 금리 이자를 감당하며 어려움을 겪었다. 사업을 하면서 수 없는 난관에 봉착했지만 그럴 때마다 특유의 승부수를 앞세워 모든 난제들을 지혜롭게 해결해 나갔다. 불가능한 일들을 해결해 나갈 때 그것이 내 삶에 힘이 되고 내가 살아가는 원동력이 되었다.

　지금은 대구에서 호텔을 경영하며 제주도와 대구 인근에 대규모의 조경수 농장을 운영하고 있다. 부처님의 가피로 여유로운 삶을 누리고 있으니 이 모든 것을 깊은 마음으로 부처님께 회향하려 한다.

주산지

마음의 풍경 소리

팔공산 자락에 집을 짓고 들어갔을 때이다. 산속 집이다 보니 뱀과 지네, 들쥐가 많았다. 노년을 잘 지내기 위해 좋은 목재와 동기와를 얹어 정성을 다해 지은 집이 이 모양이니 이 어려움을 해결할 길은 기도밖에 없다고 생각하고 매일같이 금강경을 지극한 마음으로 정진하다 보니 독충과 들짐승 대신 산새가 내 기도시간에 맞추어 찾아왔다.

파랗고 노랗고 붉은 깃털을 지닌 뭇 새들이 날아와 소리 내어 내 정진에 장단을 맞추는 듯한 광경은, 몸소 겪어 보지 않는 사람은 알 수 없는 불가사의한 일이다.

인간은 누구나 불성을 지니고 태어났다. 내 삶에 불교를 만나 정법을 수행한 것은 나를 다시 태어나게 했고 오늘의 나를 있게 했다.

가난하고 불우했던 어린 시절, 견딜 수 없을 만큼 곡절과 상처가 많았던 지난 시간들, 그리고 여자의 몸으로 감당해야 했던 험난한 사업가의 길이었지만 불법만이 나의 전부일 수밖에 없었다. 내 일상은 기도로 하루를 시작하고 기도로 하루를 마친다.

스님의 가르치심이 없었더라면 회한으로 얼룩진 나의 삶을 어떻게 지금까지 견디어 낼 수 있었을까.

나의 은사 스님인 연성타스님과의 인연은 내 삶에 커다란 전환점이 되었다. 스님은 팔공산 부인사 회주로 계신다. 부인사는 고려 시대 팔만대장경을 모셨던 대사찰이다. 손가락 두 개를 부처님께 연비공양 올릴 만큼 큰 수행력을 지니신 분이시다.

내가 한참 힘들었던 시절, 어느 날 꿈속에서 한 분의 도인을 만났다. 꿈이 너무나 생생하여 다음 날 바로 팔공산 부인사를 처음 찾아갔다. 사찰 입구에 서 계시는 스님과 마주했다.

꿈속에서 본 바로 그 도인이었다. 날도 차가운 동짓달 석양 무렵이었다. 스님은 어둑어둑해지는 도량을 서성이시며 내가 찾아올 것을 미리 아시고 기다리고 계셨다. 나를 보자 반갑게 맞으며 따뜻한 방을 내어주시면서 오랜 세월 함께해 온 어머니와 같이 대해 주셨다. 스님을 만난 후, 덕이행이라는 불명을 받고 스님의 가르침을 따라 더욱 열심히 수행을 했다. 20년간 신묘장구다라니 300만 독을 독송했고 10년간 법화경을 5백 권 독송했다.

언제나 마음의 무게에 눌려 힘이 들 때면 사리암 나반존자님을 찾아갔다. 감기몸살로 몸을 가눌 수 없을 때도 나반존자님 명호를 부르면서 찾아가면, 한겨울 산사의 길이라도 가벼운 발걸음으로 존자님이 계시는 정상까지 오르게 된다. 나는 스승님의 가르침을 목숨처럼 지키려고 애썼다.

어떠한 경우에도 나로 인해 스승님의 명예가 손상되지 않도록 조심조심하고 살아온 것이 젊은 날의 나의 삶이었다. 오로지 부처님이 나의 부모요, 남편이요, 벗이었다. 부처님만을 의지하고 살아온 그 길은 참으로 힘든 고행의 길이었다.

스님께서는 늘 말씀하셨다.

"쌀 한 톨, 물 한 그릇도 함부로 버리지 마라."

"내 몸이 움직일 수 있는 한 움직여 복을 짓고 내가 가진 자라 하여 남을 함부로 부리지 마라."

"울력으로 복을 짓고 복진 만큼 공양하라."

"나의 하루 일과를 점검하고 참회하라."

스님의 이러한 가르침에 따라, 우리 집 텃밭 농사나 정원 가꾸기 같은 힘든 일을 모두 내 손으로 직접 한다. 그러다 보니 내 열 손가락 마디마디 관절염이 와서 아주 고통스럽다.

부처님의 가르침을 게을리하지 않고 실천하며 살다 보니 내가 살고 있는 이 도량은 봄이 되면 형형색색의 꽃들의 향기, 싱그러운 봄내음, 산새와 까치까지도 날아와 우리 마당에서 한판 잔치를 벌인다. 공부가 깊어지면서 스님께서는 당시 동화사 회주로 계셨던 진제스님을 친견하여 공부를 점검받고 화두를 받아오라고 하셨다.

진제스님은 현재 대한불교조계종 종정이시다. 진제스님을 그후에도 수차 친견하고 화두를 받은 것은 부처님의 큰 가피가 아닐 수 없다.

"일체만법이 하나로 돌아가니 그 하나는 어디로 갔는고."

일체만법이 하나이듯이 화두와 나는 둘이 아니니 항상 하나가 되어 정진하고 있다. 내가 살고 있는 이곳 집은 오가는 사람이 거의 없어 적막감마저 감돌지만 언제나 부처님 기운이 가득하게 느껴지는 청정도량이며 내 노년의 안식처이다. 대문을 나오면 가산산성 가는 고갯길, 참나무와 소나무가 울창하게 서 있는 수행의 산행길이다. 나는 이 길을 수시로 걷는다. 어디에도 부처님 모습이 아닌 것이 없다.

돌아보면 내 인생길은 험한 자갈밭과 같았다. 진흙에서 피어나는 연꽃처럼 내 삶도 그렇게 마무리하고 싶다. 지난 시간들이 얼마나 어리석고 기막힌 인생 여정이었던가!

빈손으로 왔다가 빈손으로 떠나가는 것이 인생이다. 인연 따라 왔던 것을 인연 따라 내려놓고 가려 한다.

아직은 찬 밤이슬이 조용히 내려앉은 밤이다. 우리 집 정원의 외등마저 졸고 있는 적막한 밤, 저 멀리 도시의 불빛이 내 집을 환히 비추어 주고 있다. 오늘 하루도 들뜬 마음 내려놓고 마음의 풍경 소리 들으며 하루를 부처님께 회향한다.

도라지꽃

봄이 오는 길목에서

동이 트는 아침마당에 내려서니 며칠 사이에 바람결이 다르다. 얼굴을 스치고 지나가는 바람 안에 솜 같은 부드러운 느낌이 채워져 있다. 추운 겨울 아침 코끝이 매서웠던 차가움은 이제 어디론가 숨어버린 듯하다.

봄이 오고 있다. 언제 봄이 겨울의 뒷덜미를 잡을는지 알 수 없지만 꽃샘추위가 지나가는 겨울을 다시 소환 한다 하더라도 그건 잠시뿐일 것이다.

내가 사는 곳은 산자락 아래라 도심 안의 집과는 또 다른 봄 풍경을 만끽하게 해준다. 푸석푸석하게 말라 있던 마당 잔디에도 스멀스멀 봄기운이 올라오고 뜰에 목련도 조금씩 물이 올라오는 게 보인다. 뒤뜰에 매화 꽃망울이 하루가 다르게 터져 나오고 있다.

오랫동안 키워 온 선인장도 실내에 갇혀 있다가 밖으로 나오니 봄 햇살, 봄바람에 신난 표정이다. 봄 꽃봉오리가 터질 때면 제일 먼저 17년을 함께 살아온 우리 집 진돗개 '하늘이' 표정도 달라진다. 어디선가 꽃향기가 난다는 듯이 고개 들어 한참 동안이나 코를 벌렁인다. 나는 하늘이의 그런 모습에서 봄이 왔음을 다시 실감한다.

우리 집은 멀리 대구 시내가 한눈에 들어오는 조망을 갖고 있다. 넓은 정원엔 봄이 되면 탐스러운 모란과 작약 및 각종 야생초화들이 저마다의 꽃과 향기를 제공하니 극락세계가 따로 없다. 겨우내 묵혀 두었던 텃밭도 내 손길을 기다리는 중이고, 봄의 기운이 온 산을 덮고 꽃 피고 새 우는 봄이 오면 나는 그 어느 때보다 고향이 그리워진다.

내가 태어나고 자란 곳은 청송군 부남면 소재지이다. 요즘 길이 좋아서 대구에서 자동차로 한 시간 반 남짓이면 갈 수 있는 곳이지만 예전에는 꼬불꼬불 비포장 길을 다섯 시간 이상을 가야 했던 말 그대로 첩첩산골이었다.

눈을 감고 가만히 고향의 봄을 떠올려 본다. 봄을 맞는 고갯길에 나무들은 묵은 옷을 벗어 던지고 어느새 연두색 옷으로 갈아입고 이름 모를 들꽃들이 지천으로 피어난다. 아름답고 정겨운 길이기도 하지만 때로는 감당할 수 없는 삶의 무게로 어깨를 툭 떨구고 오르던 추억의 길이었다. 가을에 고향 가는 길 노귀재, 삼자현재의 구불구불 돌아가는 길에 울긋불긋한 단풍 또한 장관을 이룬다. 길가엔 코스모스가 끝없이 펼쳐지는 길. 늦가을 찬바람에 고개 떨굴 만도 하건만 누구에게 보여 주려고 온 힘을 다해 가냘픈 몸을 지탱하고 있을까. 가을이 되면 황금빛 들녘에 보랏빛 들국화가 가득하다.

주왕산 국립공원 입구에 들어서면 하늘을 찌를 듯한 큰 바위가 우뚝 서 있고 주왕의 전설이 서린 주왕굴이 있다. 적의 화살에 맞은 주왕의 피가 계곡에 흘러내리던 곳까지 5월이면 수달래꽃이 장관을 이룬다. 주산지는 봄 여름 가을 겨울, 영화를 찍을 만큼 아름다운 호수로 알려져 있다. 지금은 비록 팔공산 자락에 집을 짓고 살고 있지만 내 마음 한 귀퉁이에는 늘 고향 청송에 대한 향수가 자리하고 있다. 청송에 관광호텔을 건립해 보려고 무진 애를 쓴 것도 사업가로서 내가 고향에 내놓고 싶었던 가장 큰 선물이었기 때문인지도 모른다.

추운 겨울을 이겨내고 해마다 봄이면 꽃 피우는 매화처럼, 고향도 늘 그렇게 내 마음속 깊이 자리하고 있다가 추억으로 피어난다. 그윽한 향기와 함께 찾아와 내 마음을 이토록 아리게 한다. 이 아침, 봄이 오는 소리가 내 귓가를 조용히 두드린다.

마음의 풍경 소리

인쇄 | 2021년 3월 20일
발행 | 2021년 3월 25일

글·그림 | 김동자
펴 낸 이 | 장호병
펴 낸 곳 | 북랜드
　　　　 06252 서울 강남구 강남대로 320, 황화빌딩 1108호
　　　　 대표전화 (02)732-4574, (053)252-9114
　　　　 팩시밀리 (02)734-4574, (053)252-9334
　　　　 등록일 | 1999년 11월 11일
　　　　 등록번호 | 제13-615호
　　　　 홈페이지 | www.bookland.co.kr
　　　　 이-메일 | bookland@hanmail.net

책임편집 | 김인옥
교　　　 열 | 배성숙 전은경

ISBN 978-89-7787-987-4 03810
ISBN 978-89-7787-988-1 05810 (E-book)

값 12,000원